KB005820

그릿 시냇가

한정옥 시집

문학세계사

맨발로 춤을 추고 싶었습니다
높아졌던 일
앞섰던 일
용서를 구하고
입술을 티끌에 댑니다

한 정 옥

□차례

1 도등挑燈, 맑고 수려한

2 부족한 자에게 존귀를

3 뭇별

4 신을 벗다

1

도등挑燈, 맑고 수려한

도등挑燈 1
—청와헌에서

울타리에서 가챠가챠 우는 철써기 소리를 적고 싶지
않습니다
제자리서 발 구르는 물방개 소리를 그리고 싶지 않습
니다
새 발자국 같은 글씨 몇 자 적는 것을 낙으로 삼던
남사리南斜里, 속소리나무에 빠졌습니다
눈에 넣어도 아프지 않을 피리새 손톱 발톱 깨물어
울리는
속소리나무 속으로 들어갔습니다
웬일일까요 거기 못이 있어 소금쟁이는 속까지 비치고
구름도 피는 봄, 다른 은혜는 구하지 않겠습니다
와글거리는 개구리 소리 가운데로 난 길 환한 신작로
복판에
깍지 끼고 오래오래 앉아 있었습니다

도등挑燈 2
—위에서 보면 원

　지금쯤 피리는 옹이 많은 솔이거나 가시 많은 잡목림 꿈꿀지도

　시비詩碑 역시 모래 섞인 돌멩이로 돌아가고 싶어 온종일 바다 보고 섰을지도

　너무 환해 눈이 먼 유리 꽃병

　일천도 풀무 속에 밤낮 몸 풀 기회 노릴지도

　바람은 숲으로

　물방울은 하늘로

　아마 내가 가시 많은 청어青魚

　가시마다 순은純銀의 눈꽃 활짝

　푸르고 푸른 바다 등에 업고

　그 숱한 가시 한 번도 고통으로 끝나지 않게

　살이란 살 다 해지고 발라져 청어 아니길 소원하듯이

　피리는 수풀 깊어 경이로운 침묵의 구릉 그리워 사뭇 울지도

도등挑燈 3
—그릿 시냇가*

삼백 년이 넘게 살아온 나무 앞에 서면 말 못 합니다
천 년 구비구비 지나온 물결도 대단합니다
성한 데 있겠습니까
감히 눈 들지 못합니다

오랫동안 적조했습니다
무소식이 희소식이라지만 산까치 저리 소리 하니
모쪼록 청정한 뜨락으로 한 번 나오십시오
한겨울에도 푸른 개운죽 보시고
푸르러 깊이를 알 수 없는 바다에 그만
빠져도 좋겠습니다

*왕상 17:1—7

도등挑燈 4
—도배하는 날

대부분 환한 것들이 눈을 멀게 합니다
너무 환하면 끓죠
어려서야 아무래도 색을 많이 썼지만
나이 드니 색이 색으로 보이지 않습니다
피어도 그만 져도 그만
들창에 한지 겹겹 바르고
마르기 전에 줄을 쳐 도랑을 만들었습니다
머얼리 보니 눈밭
다가서면 고랑 사이로 배추흰나비
아무것도 그리지 않았습니다

도등挑燈 5
―흰 꽃

나리 한 줄이면 좋겠습니다
꽃 반만 환해라
세상 뜨면 깨닫는
흰옷 벗을 때까지
소리 돌아오면
그때 이별 얘기
그리워하면서 석 달
그리움 삭이면서 석 달
세상 떠도
꽃 반만 슬퍼라
당신한테
나리 한 줄이면 좋겠습니다

도등挑燈 6
—샤려니숲

마음이 깨끗한 아침
으아리 곤달비 신우대에 눈이 말개집니다

발목도 안 차는 시로미 산꼭대기에 올려놓고
계곡은 낮아질수록 점점 깊어져서
비 오면 비 맞고 바람 불면 쏠리데요

백날 마음 고쳐먹어도
감히 따라갈 수 없는 사람들이 있어요
참아도 힘써도 울어도 안 되는 일
무시로 죽는 일

자기를 부인할 때
비로소 이끌림
라디오에선 종일
죽어도 안 돼 안 돼

오늘 아침 크낙새는
흰빛조차 내려놓았습니다

도등挑燈 7
—나의 나 된 것은

가을비에 자드락길 젖고
아직 돌아가지 못한 왜가리 소리도 젖고
날갯죽지 젖는 것도 아픈데
차 소리도 끊어졌어요

날아가는 것은 눈에서 사라지고
젖어서 풀어진 것들은 쓸쓸합니다
비움, 이 말에 들어간 힘
숨소리 거칠었던 날들
이 와글거림은 언제 동이 날까요

가을비에
텃세 부리던 직박구리도 뉘우치는 듯
조용하네요

도등挑燈 8
—다메섹에서 묻다

당신 때문 비비새를 알았고
당신 때문에 초승달 같은 꽃 이름을 새겼습니다
꽃구경 새구경 벼르다가 봄을 놓치고
한동안 소식 끊겼습니다
다시 봄
아무도 모르게
바람이 속소리나무 향기 몰아 내 앞에 풀어놓을 때
그리움 사무쳐
맨발로 산턱까지 달렸습니다
어디세요
이렇게 눈이 어두울까
당신 왼쪽에 있던 나무 이름
마가목과 느티나무 서어나무
그대로 올라가다 보면 초록 비취 눈 시릴 줄 알았는데
누차 가던 길 못 찾습니다
바람은 혼자 떠나면서 냉이꽃대궁 꺾어 흔들고
나는 종일 내 안에 들어앉아 있습니다
당신 때문 푸르스름한 새벽부터 사람 그리워 울고
당신 때문에 홍매화 가지 꺾어 들고 눈을 못 뗍니다

도등挑燈 9
―인자가 무엇이기에

오늘은 초입에서부터 막혔습니다
한마디도 할 수 없었습니다
걷다 보면
눈이 떠지겠지
파고든다고 깊다면야
시간이 약이라면야
캄캄했습니다
두 손 들었습니다
고통이 약이요
눈물도 은혜
인자가 무엇이기에
이리 살피시나이까

도둥挑燈 10
—그늘이고저

마음에 손금 같은 길을 봅니다
손바닥 끝까지 나가본 적 없습니다
이 마른 길 어귀
깊은 소나무향 번지겠습니까
사람 그립다
말 못 합니다

냉이꽃 한 줌에
집안이 환해졌습니다
영원한 것만 빛나는 것 아니네요
어디든
빛은 통째로 놓습니다 장엄합니다

마음 밝아진 걸 보고
다녀가신 줄 압니다

도등挑燈 11
—내 생각은 너희 생각과 달라

나무토막을 놓고 종일 대패질을 합니다
대패로 다듬고 끌질을 하기까지
단 한 번도 만만한 적 없었습니다
손 놓을 때가 더 많았습니다
시도 때도 없이 끄적이지만
언제나 생각이 모자랐습니다
흠뻑 젖어 켜켜 올올 다 풀어져도
나무는 봄을 맞을 준비에 골몰한데
나는 어떤 나무를 만지고 있는지도 모르면서
생각은 무슨
오늘도 대패밥만 이쁘다 이쁘다 하고 있으니
모자라도 한참 모자랐습니다
아예 생각이 없었습니다

도등挑燈 12
—내 길은 너희의 길보다 높으며

마음 부리는데 천 년
돌아보면 아련합니다
퍼내도 그 자리 이내 고이던 슬픔의 잔물결
바람 불 때마다 가슴을 치데요
아름다움을 탐하지 않았습니다
아름다움에 대하여 말하고 다닌 적 없습니다
아름다움에도 주인이 있어서
조심한다고는 했지만 내 생애 유별나서
슬픔을 무슨 꽃다발처럼 안고 살다가
산그늘에 걸려 그만
아아 내 몸에 감겨 있던 실올 다 풀려나갔습니다

산에 와서 오붓했으면
밤마다 가슴에 푸른 별 시렸을까요

도등挑燈 13
—사흘 길 광야에서

왜 새들은
찌르레기 어치 오목눈이처럼
한곳에 머물지 않고
먼 곳까지 날아갔다 날아오는 것일까요
왜 새들은
곤줄박이 직박구리 딱새처럼 내려오지 않고
하늘 빙빙 서럽도록 한 데 몰려 떠다닐까요
상수리나무 잎도 너도밤나무 잎도
힘이 빠져 땅으로 내려옵니다
사람도 사람의 마음에서 멀어져
하늘로 돌아갑니다
뜨거워서 괴로운 것도
팔팔해서 팽팽한 것도
힘이 많이 들어있다는 말이겠지요

느슨해진 빗소리
안온합니다
이 비 지나면
서리 빛나고 상고대 환하겠지요

도등挑燈 14
—근신

비 오는데 방울새는 어딜 갔다 오는지
이런 날은 기억이 꼬리를 물고
기억을 일으켜 세웁니다
유리창엔 꽃 만발 한련화
그리기가 무섭게 지워집니다
언제나 마음에 피는 꽃이 더 현란해서
뻐근함, 이 결림
아아 누가 날 좀 겨룹대다발로 사정없이
사정없이 내리쳐 주길
눈물 쏙 빠지게
말이 쏙 들어가게
방울새처럼
출렁다리 끝까지 가다가 다리 풀리게

도등挑燈 15
―생각이 많았습니다

눈물 속에도 말이 많았습니다
뉘우치면서도 어지러웠어요
해 넘어가도록
걸어 나올 수가 없었어요
부끄럽지만 물이 들었습니다
가슴은 찢지 않고
옷만 찢었습니다
드림, 이 말에 생각이 너무 많았고
다 드림, 이 말에도 바닥이 보이지 않았습니다

갈참나무이파리로 가슴 문질렀습니다
싸리나무채로 온몸을 긁었습니다
물푸레나무자루로 발등 찍었습니다

도등挑燈 16
―여호와의 산에 올라

물이 든 참나무를 보고 부끄러웠습니다
옥다물어도 바람 빠지는 소리
오늘도 종일
산비둘기처럼 종종거렸습니다
바장일수록 고달픈 육신
소리 내서 울 수도 없었습니다
세상은 만만치 않았습니다
기슭에서부터 물이 빠지는 숲에 서서
물이 든 대왕참나무 바라보지 않아도
많이 부끄러웠습니다
내 속에 물든 것들 다 떨어져 나가고
얼룩 자국 한 줄 남는다면
감히
입술의 열매 원합니다

도등挑燈 17
—입술을 티끌에 대다

유리문에 날아들다 머리 다친 새처럼
부서지라 부서지라 합니다
혼자서 하는 공부는 공부도 아니었습니다
사철 아랫목 찾다가
시간의 끝자락까지 내밀린 듯합니다
두문불출
댓잎 훑어 두엇 창호문에 박으면서
얼룩진 기억들 깨끗이 걷어냅니다
말 많았던 날들
죽지 않았던 날들
무릎 꿇고
입술을 티끌에 댑니다

도등挑燈 18
—사랑할 시간밖에는

많은 날들이 갔습니다
올해는 산비장이 생각보다 빨리 펴서 환하더니
장대로 친 것처럼 모다깃비에 쓸려나갔습니다

꽃들도
사랑처럼 가봉이 안 되니까
하루아침에 벼랑 끝으로 몰리데요

산에선 빨리 어두워지는데
지금이라도 내려가면 막배 탈 수 있을까

영혼을 사랑할 시간밖에 없어
수단으로 간 신부
하루 종일 눈에 밟히네요
밤에도 박꽃처럼 하얗게 웃고 있는 사람

도등挑燈 19
—응답

이미 없어진 숟가락 나부랑이에 마음 놓지 못하고 닷새째 정신이 없었습니다 어떻게 한 번도 만난 적 없는 이가 먼저 알았을까요 죽지 않을 만큼 덜어갔습니다 가슴에 비치는 게 있었어요 그분은 정확했어요 속에서 무엇이 부글거리는지 무엇이 썩는지 무엇 때문에 쉰내 풀풀 올라오는지 무엇이 클클한지, 억울하니 어굴어굴어굴어굴 귀에서 소리가 났습니다

닷새 만에 내 입에서 나온 소리, 도둑맞게 해주셔서 감사합니다 내가 괴수 중에 괴수였습니다 이 쓸데없는 자에게 웬 은혜이니이까 바로를 강퍅케 하면서까지 더디 하지 않으시고 속히, 즉각, 눈먼 나는 없게 하시는지요 나는 먼지요 티끌이요 벌레요 행악자… 무엇이관데 이 쓸데없는 자 들어 증인으로 세우시니이까

도등挑燈 20
—우거

잘 사는 사람을 보면 잘 살아서 슬프고
못사는 사람을 보면 못살아서 슬프고

우듬지엔 눈물
고맙게도 새 소리 얼핏 비치는

백운白雲
우거寓居

2

부족한 자에게 존귀를

감히 고백하건대

뻐꾸기 울어 꽃 내 다디단 유월六月
이쯤이면 얌전한 치자 빛 고운 줄만 알았던 꿈은
걷잡을 수 없는 불
잉잉 수천 마리 벌떼 날고
색색 시끄럽고
종일 들판으로 능선으로 나돌았습니다
거칠게 끓는 숨소리
섣불리
손대지 못했습니다
다행히 유월六月엔 사방 문 열려 있어
마음 밖으로 나가보니 초록 물소리
슬프도록 뽀얀 찔레꽃 천지
벅찼습니다
이래서 마음 잘 풀어가는 사람들
단오 바람 다디달다 하는 건가요

험곡에 가도

이제 와서 백지를 앞에 두고 무엇을 쓸 수 있을까요
무릎 꿇지 못함은 사랑도 말로 하기 때문이에요
죽든지 살든지
이 말 겁도 없이 했습니다
골방에서도 세월은 잘도 가데요
비가 올 때마다 질곡에 빠져 정신없이 헤매던 시절도
지나고
눈을 뜨면 도로 감기던 시절도 갔습니다
입버릇처럼
사는 게 은혜라고 고백할 즈음
말씀은
어수선하니 복잡한 날들 낱낱이 드러내는데
백지를 앞에 두고
이 간절한 몸부림에 무슨 내용이 있겠습니까

부르시는 그날까지

꼭두서니 터뜨리면
붉은 물 들고
달개비를 문지르면
푸른 물 드는데

사철 끓는 피
어찌 삭이고 품어
숨소리
곱게 뽑으리오

솔소리에 포개져
빗소리 더욱 푸른
이 아침
아주 짧게 지나가듯

산울음 소리
강이 우는 소리에
눈멀고 귀먹은 자
결코 엎드릴 자가 아닌데

가슴을 찢습니다
입술을 티끌에 댑니다
내 몸에 가시
무한 은혜

고통이 유익

그때는 세상이 노랬어요
슬픔만큼 편한 벗이 없는 것 같았어요
비껴가던 시간도 발목을 접질려
철 지나는 줄 몰랐습니다
나이 먹는 줄도 몰랐어요
고맙게도
고통은 반투명 창호문이라
하루 종일 빛이 들었어요
마루 끝까지 해가 들었습니다
새소리에 빛나는 아침 햇살을 바라보니
볕 좋은 날 가려 창호문 바르던 일이 생각나네요
어머니는 해마다 새소리 비치도록
용用자 문에 꽃잎 넣어두셨지요
어머니의 손끝
그 가늘게 떨리던 고요를 읽습니다

고라 자손의 시詩

저물기도 전에
방방 불을 켜요

나는 근본도 모르는 자 죄인인 줄 몰랐어요
무슨 말을 하는 줄도 모르면서
어떻게 뿡뿡 소리를 냈을까
꽹과리였어요
재갈을 물려도 발버둥 치고
발버둥 칠수록 힘이 들어가
멍들고 쑤시고 우우 죽어도 해결이 안 되는 자
죄가 죄인 줄도 몰라
대신 죽지 않고는 결코 살아나지 못할 자
건지시니
말이 바뀌데요
숯불로 지져달라네요

불이 들어와 이리 기쁜데
등경 위에 두사 비추라신다면

새벽 무릎

참으로 많은 변화가 한꺼번에 일어났습니다
여러 날 뒤척이던 생각으로도
출렁거리는 시간 잠지 못하고
좋은 시절 다 지나가는 줄 몰랐습니다
무거운 생각들로 엎어져 있었습니다
소설小雪 지나 묵은 솔방울 떨어지고
새 이름 풀 이름 불러오던 일 접자
사람이 찾아오네요
사람이 있는 풍경
입이 열렸습니다

해 아래 새 것이 없나니

무엇이 그리우랴 해^並로니
사람을 밤차보다 더 후줄근히 몰고 가던 세상
허구한 날
질척한 길 위에 드러누워 있는 슬픔
은빛 새길 호롱 하나 없이
눈시울 붉힌 하늘 문밖에 두고
무엇이 그리우랴 해^並로니

두 손 들다

세상에 있는 모든 것이 다
흙으로 돌아가는 것은 아니었습니다

목이 곧은 백성
목이 부러지는 것을 목격하던 날
자작나무는
날마다 무시無時로 죽어
떨어져도 묵이 되는 도토리나무가 부러웠습니다

믿으면 산다고 일러도
죽어도 믿지는 않고

쑥과 담즙

한 번 금 갔던 마음은 흔적 깊고
쓸쓸해요
바람을 타고
떨어져 앉은 풀잎들 사이에도
냉갈내 나는
그리움 천 리
살 냄새 사무쳐
부쩍 말 수가 줄어들고
커브 돌아가는 가을
서늘해요
외롭다는 말 입에 달고 살지도
고개 돌리지도 않았지만
이렇게 쓰디쓸 수가 있을까요
쓸쓸함
쓰다에서 나온 말인가요
쓸쓸함도 약일까요

그가 네 길을
—칼더를 생각하며

철사로 연결된
사변형의 별자리
허리가 들어간 깡통 끝에
구부린 철삿줄 따라가 보면
창가에 빨간 딱지 붙은 날들
기뻤어요
바짝바짝 붙어 앉은 몸과 달리
마음은 따로 놀던 청춘
다 지나가고
나이 들면
빨간 색깔만으로도 기뻐
잠들지 못했거나 잠들어서 깨지 못했거나
눈물도 속는데
몇 발자국 뒤로
마음에서 물러나자
비로소 가난해지는 마음

고요한 밤

밭둔덕에 솔향 푸른 길 내고
모로 돌아가니 또 일렬로 빛 부신 길
사방에 길 내놓은 개억새
사람들은 백아산이 아니고 억새 보러 간대요
뾰족바위 타고 내려가다 보면
마음에도 개구멍
무등산 위에 날등에 구름
신우대에 오리목
가장 낮은 자리 조릿대까지
쉿! 조용히
조용히 좀 하라네요
고요한 밤 불러 고요하지 않게
노치리곡谷 막아서는 하늘바위
수산제 수면에 어릴 때쯤 해는 지고
고요한 밤에 고요하지 않게 음반처럼

게르키에프는 한마디도 하지 않고
손가락 세워 뒤로 넘어가게 만드네요

흰 길

자작나무 이파리 물 빠지는 소리 들으려고
산속으로 들어가는 길
솔방울 툭
소슬바람 길 바꾸었습니다
노랑딱새가 깨끼발로 뛰는 소리처럼
신비한 빗소리
고맙게도
궁금타 안 했는데
강줄기 산 빛깔 적어
일일이 소식 전해주었습니다

엎드려
큰절드리고 싶습니다

일탈

계절이 한 번 지나갔을 뿐인데
빛깔이 바뀌고

의미는 눈에 보이기도 하고
보이지 않기도 하고

스웨이드 모자 하나 챙겨 들고
산꼭대기에 서다

시간을 타는 바람과
시간에 미끄러지는 물소리

계곡에 비친 가을
일탈

노을, 신비해요

나는 지금 한 삼백 년쯤 된 백향목 숲에 든 듯
온몸에 깊은 향
얼굴도 착하게 물들었어요
이 시간에
소나무껍질은 나전보다 빛나고
밤송이그림자도 꽃그림
자작나무는 가지를 떨어뜨려 길게 자리 펴고
시간의 잔뼈들 부서지며 는개처럼 비파향을 일으킵
니다
이곳에 오면
신기하게 손을 놓듯
마음을 놓고 갑니다

노을, 처음인 듯

들에 꽉 찬 개구리 소리
그렇게 속 시끄러운 봄 넘기고
조개껍질이 깨꽃만큼 이쁘던
여름인가
난초에 긴 꽃대 서고
처서處暑 백로白露 추분秋分 상강霜降
절기 찾다 가을 다 지나가고
기러기 한 줄로 돌아가는 겨울
잔기침에 터지고 마는
실밥 같은 기억들
십 년 이십 년 오십 년 백 년이 지나도
처음 듣는 것처럼 소리치고
처음 보는 것처럼 달려가고
절기뿐인가
새 풀꽃 구름, 그 이름과 이름 사이
행간의 품격
한 줄로 절창!
촉새가 잔글씨로 보낸 전문電文 옮겨 적으면서
가슴에 손대고
입술 떨리는 이름 가만 불러봅니다

참 아름다워라

왜 아름다움은 이렇게 가슴 저밀까요
왜 하필 테두리로 외로움 번질까요
왜 모질도록 진지하고
끝도 없이 깊을까요
걷다 보면
속이 깨끗해지고
마음이 환하겠죠
한 바퀴 돌고 들어가면
늦은 밤까지 촛불 켜고 놀겠죠
좋아라 두 줄 끊어온 바랭이는
새 한 마리 그려놓은 유리병에 담고
결국 또 눈물 쏟겠죠
하루는 반성으로 끝나게 되어 있어
사람도
하늘도
눈시울이 붉겠죠
아아 슬프도록 아름다운
당신의 세계

하농 연습*

빠알간 아스틸베와 꽃무릇
보랏빛 리시안셔스와 용담초
다알리아 과꽃다발은 사방에 천지
이 가을 꽃 아닌 게 어디 있어요
후박나무는 부러진 가지 하나 없이 둥글고
눈이 맑은 오목눈이는 종일 웃네요
산공부**하는 솔바람 소리도 달고
소소리바람 소리도 다디달고
유리꽃병마다 한련화 담뿍
이렇게 소리 내면서 호사해도 될까요

*하나하나 음을 옮기면서 반복 연습
**산에서 소리만 하는 것

핀초 언덕

수수꽃다리 말발도리 홍가시나무 노단새
벌새의 눈 벌새의 뾰족 부리
세상에 시詩 아닌 것이 있을까요
색색 빛깔 안 이쁜 게 없고
눈물 나지 않는 게 없고
반짝이지 않는 게 없어요
세상에 귀하지 않은 것이 어디 있을까요
하늘에서 내려온 건 다 좋아요
숭고해요
깊어요

하고초

수수꽃 바람이 다르고
콩꽃 바람이 다르고
흙빛이다가
반물빛이다가
약이 되면 좋겠어요
도구가 된다면야

곳곳 아픈 사람들이 많아
약이라니까
하고초 베기 전에
빛깔부터 싹 베어가네요

호사비오리

연일 사건 없는 날 없네요
이쁘고 환한 것들도
그늘로 숨는 버릇 생겼어요
다시 오지 않을 것처럼
동백 툭 떨어지고
안에서
되받아치는 파도
아아 이 공부,
이 공부는 언제 끝이 날까요
얼마나 지나면 잠잠할까요
얼마나 부서져야 고요할까요

시수詩瘦

숨 멎을 듯 애틋한 리아트리스
솔직히
세상에서 가장 애틋한 건 꽃이지
눈물방울 머금은 게 꽃뿐일까
평생 눌릴 일 없고 솟기만 할 듯한데
소리 한 번 못 내고
숨죽이고 사는 산
아득한 게 겨울 산뿐이겠느냐만
소식 끊겨 떨어져 나간 날들
손발 다 굽었다
이름처럼 쓴 마라도
쓰디쓴 게 예술이다
풀빛처럼

3

뭇별

섬 1

찬기 들이치고
한기 파고들어

얼얼하니 취한 듯
멍하니 서글퍼져

다루기 어려운
먹과 물

섬 2

1
산울림에
어깨 결리다

한기 들어
솔잎 짙고

오는 이 없어
고요가 바람소리를 내다

2
대그림자
가슴 쓸어도

보도 듣도 않는데
마음은 감옥

줄이라 하지 않았다
걷어내라 했다

3
하늘만 남다
연기도 사라지다

뜨락의 흰 꽃향기
있었던가요

파문과 고요
이름 붙여놓고 뒤척이다

섬 3

밖에서 한 철
허리 펴니 겨울

앞뒤
그 어떤 말도 붙일 수 없는

어머니
힘줄 끓는 손

섬 4

책 한 권 쓰면 한 번 죽고
집 한 채 지으려면 내놓은 목숨이라고 합니다

어디 쉬운 일인가요
이 웬 은혜인가요

격格을 달아주시니
한매寒梅

섬 5

가장자리에서 거품이 일어요
뜨고 싶은 모양

오래 앓다 일어나니 후들거려
물에 안 들어가도 뜨네요, 오류도

섬 6

맑은 날에는 대마도가 보여요
지척이네요
거기도 불 켜 놓고 사람 살겠지요

사람과 사람 사이
섬과 섬 사이
사이라는 말

감미롭고 나른하니
보였다가 안 보였다가
잊었다가 생각났다가

섬 7

수련 한 송이 피우려고
밤새 온 물결이 술렁거렸다*
꽃이 피는 건
호사 중의 호사

모네는 두고두고 그렸다
대작大作이었다

*바슐라르, 꿈꿀 권리

섬 8

나무는 뻗치고
바람은 종일 눈치
비는 줄줄 새고
담쟁이는 엉기고
오리나무는 까맣게 타고
다들 적적해서

큰맘 먹고
한 번 내려오시지요

섬 9

꽃구경 가서 꽃도 안 보고
산벚나무 등걸에 써놓은 시詩 읽지도 않고
넓적바위 찍어놓은 쉼표는 눈 어두워 놓치고
빌지도 못 하고
소리도 못 내고
냄새나는 건 사람이라고 했다가 곤욕을 치르고

아무쪼록
풀어줘요, 마음 풀어줘요

섬 10

그리움처럼
삭지 않는 말이 있을까요
전설처럼
모진 말이 또 있을까요

가을 끝자락 잡고
혼잣말
병 속에 든
바람처럼

무엇이관데
티끌만도 못한 자
이리 살피시나요
가을이 깊어요

섬 11

경고의 말씀 들었습니다
오래 참으셨지요
노하기를 더디 하시고
건지시고 지키시고 이끄시고 도우시니

무릎으로 살겠습니다

섬 12

죽었다 살아나니
외롭고 쓸쓸하고 척척하고 허전했던
모든 것이 은혜
평생
시수詩瘦를 앓는 것도 황홀한데
오오 이 부족한 자에게 존귀를 입히시고
덤에 덤을 주시는 분께
무릎 꿇음
평생 무릎 꿇음

섬 13

이따금
안으로 눈뜰 때 더 환히 보이는 세상

나이 들수록
편안히 엎어져 꾸는 단꿈이 좋다

뼛속에 흐르는 숨소리를 꺼내
만져 본다

가슴에 지지 않는 꽃잎 하나
숨결 보태어 돌려보낸다

가는 방향으로
시간이 뻥 뚫려 있다

맑고 깨끗한 기억들을 위해
소리도 여백이 더 아름다웠다

섬 14

딱새도 먼 데로 날아가는 건 쉽지 않은가보다
물까치도 눈이 어둡고
지빠귀도 종일 앉아 있지를 못하고
가장 어설픈 건 나 자신
아직까지 받아쓰기를 못하고
먼 데
바라만 보고

섬 15

시간이 흐르고
빛이 흐르고
소리도 흐르고
사람도 흘러가고

낭떠러지로 떨어지던 일도
은혜였음을 고백합니다

무시無時로 자기를 부인하고
오로지 닮는 일
예배요 찬송이요 기도일지니
오로지 이끌림

4

신을 벗다*

*출 3:1—5

침묵을 우려내다 1

이따금 방 안으로 새가 날아듭니다
어쩌다 개개비 지빠귀 눈치 멋모르고 날아왔다가
꽁지 빠지게 달아나면서
한나절 낮잠 든 숲을 깨울 때가 있어요
사람에게 많이 놀라고 날갯죽지가 찢어졌는데 어찌
겁이 없겠어요
지빠귀를 보면서
무서움증도 병인 걸 알았어요
이후로 많이 허둥대고
때를 놓칠 때가 있습니다
세월이 지나
한 곬으로 몰렸던 물줄기 풀어져
슬픔의 고랑 빠져나와 넘실 큰물 되면
소싯적 꿈 알아볼 수 있을까요
말씀의 뼈 마디마디
흰 가시로 빛날 수 있을까요
크면서
슬픔의 법망에 걸려버린 누치 새끼
힘을 쓰더니 드러누웠습니다

개개비나 지빠귀나 눈쟁이나 누치나
오늘은 마음에서 멀어져 어디까지 나돌까요
개개비는 얼마나 멀리 빙빙 떠돌까요

침묵을 우려내다 2

산山은 깊어지려고 애쓰지 않고
돋움질도 하지 않는데
사람들은
이름이 없는데도 고요라 부르고
속이 없는데도 허전타 합니다

빠져나와도 첩첩 산,
시절 바뀌면
어버이 잃은 듯하여* 뜬 눈으로 새우고
시도 때도 없이 철썩 치는 물결

어디에도 없는 물구덩이
나는 어떻게
이 깊고 깊은 바닷가에 밀려와 있을까요

*월인석보

침묵을 우려내다 3

'낭독의 발견'에서 한 젊은이가 친구의 말을 전하는데
행복은 한 입 먹을 밭이 보이면 다행—口田示多幸
아프네요
배운다는 건 굳은살 도려내는 일이요
침묵을 우린다는 건 살갗이 벗겨지는 일이지요
보고 듣는 것은
몸에 닿아 있어
열정이 대단합니다
이 열정 삭아서 말갛게 흐를 때
시수詩瘦에서조차 놓이겠지요
보고 듣는 그 너머
울리고 떨리는 것이 시詩 아닐까요

침묵을 우려내다 4

잎 지자 시냇물 서둘러 내려가고 골짝 더욱 깊어졌습니다. 적적함을 품어 안으니 모든 것이 한갓집니다. 적적하고 말고 할 것도 없는데 긴 바람 골짝까지 내려갔다 올라오면 소식이 한 묶음입니다.

이들이들한 사철 잎 쇠어져 싯푸른데, 아직 눈도 뜨지 못한 것들이 더 뻣뻣합니다. 싸리 울타리 없다면 바람 한 발 물러서겠습니까. 에둘리면 각지지 않습니다.

산에 들어 서로 위한다는 말 하도 지극해서 아래 위 가장자리 중심 따로 없으니 돌올한 아름다움만 은은합니다. 두런거리다 보면 금세 새벽달 지니 바람 사나워도 입동산立冬山을 탑니다. 산간의 접빈다례接賓茶禮, 산에선 만나는 이가 누구든 마음에 환한 창 하나 뜨지 않을까요.

침묵을 우려내다 5

    오늘은 토끼풀꽃을 한 줌 따다 유리병에 꽂았습니다. 토끼풀꽃은 야하지 않아요. 눈 흐릴 일 없는 그 모양새가 하도 고와 이른 아침 한 줌씩 따다 이웃에 전하곤 합니다. 토끼풀꽃은 생각을 어지럽히지 않아요. 외려 슬프다 할 만큼 맑지요. 묵자가 실이 물드는 것만 보아도 슬프다고 했던 말을 알 듯합니다. 토끼풀꽃 다 지도록 손에 풀물 들 일 생각하니 가슴 벅차고 설레네요.

침묵을 우려내다 6

이제는 혼자서도 잘 놀고 아무 소식 없어도 마음이 구차하지 않습니다. 나가는 일 없어도 하늘을 살피고 새벽까지 깨어있곤 합니다. 산 물 꽃 바람… 선뜻 아름답다는 말 못 합니다. 그 지극함을 온몸으로 느끼면서 '지극함' 이 말에 깊이 들어가 헤엄치곤 합니다. 이제는 안뜰에 풀 뽑고 물 주는 일로 시간이 어떻게 가는지 손이 바쁘지만, 아무리 바빠도 우수경칩 청명입하 절기마다 잔치를 합니다. 부디 오셔서 자리를 빛내 주신다면 얼마나 기쁠까요.

침묵을 우려내다 7

아침부터 물푸레나무 자루 하나 집어 들어 칼맛을 내봅니다. 어렵게 어렵게 마음을 새겨봅니다. 역시 버리는 게 힘이 드네요. 새길 마음이나 있나요. 칼질은 함부로 할 수가 없어요. 쉽게 생각해도 다치고 무심코 움직여도 베이지요. 눈에 남은 것 하나하나 파들어 가다 보면 뽀오야니 나무의 은빛결 향기롭게 내립니다. 이 버려야 할 것을 버리지 못하고 이쁘다 이쁘다 몇 날 며칠 유리잔에 담아놓으니 가슴 언저리 늘 복잡한가* 봅니다.

*황동규, 「몰운대행」

침묵을 우려내다 8

개미장 서는 것을 보니 곧 비가 올 듯합니다. '어디서 갯비린내가 몰려오고 있다' 백석의 한 줄 시詩, 가히 절창입니다. '비' 글자 하나 안 쓰고 빗소리 비 냄새 빗줄기 비설거지⋯ 비 맞고 있는 사람의 마음까지 환하게 보여주네요. 곧 개울에 물이 불고 풀잎들 수런대겠지요.

바람이 불면 물푸레나무가 어디 구경이라도 가는 것처럼 미친 듯이 좋아서 몸을 떨고, 바위취는 아예 자리 잡고 누웠습니다. 무릇이며 엉겅퀴 참소루장이 궁궁이 풀 긴입별꽃 모두 기가 살지요.

이쯤이면 사람의 마음도 사람에서 떨어집니다. 비를 생각하면 눈이 밝아져서 오래오래 침묵을 우리게 됩니다. 마음이 떨어져 나갑니다.

침묵을 우려내다 9

햇살이 따갑지 않은 날도 나는 모자를 씁니다. 어느 해인가 뜨락에 붐비던 배추흰나비 때문에 생긴 버릇입니다. 모자를 쓰면서 안경을 벗는 버릇도 생겼습니다. 안경을 벗어도 또렷했던 계절의 초록 글씨, 안경을 벗으면 보아야 될 것만 보는 즐거움이 있습니다. 바라보는 것마저 놓으면 보지 못하던 것을 읽겠지요.

힘이 빠지면 세상이 말개집니다. 이런 날은 가볍게 물 위에 뜰 것 같습니다. 안으로의 응시는 눈먼 것을 고백케 하죠. '아무것도 할 수 없다'는 고백, 그런데도 누가 말을 하지 않으면 그새 또 입을 열고 있는 자신을 보고 소스라칩니다. 아직도 힘이 잔뜩 들어있다는 증거겠지요. 아직도 힘 힘… 얘기를 하고 있네요. 오오 주여 나는 죄인입니다.

말씀이 생명인 확실한 증거! 죄가 무엇인지도 모르고 죄인인 줄도 몰랐던 자가 죄를 줄줄 털어놓고 있습니다.

침묵을 우려내다 10

　한여름도 아닌데 장대비 칩니다. 절벽대면서 아이들이 빗속으로 뛰어다니는 것을 바라보면 즐겁습니다. 이런 날은 촉이 닳아 굵어진 글씨로 골을 내며 긴 편지를 씁니다. 목소리를 낮추어 믿음이 가장 좋은 선물이라고 고백합니다. 비가 오면 나는 한껏 즐거워 빗방울처럼 몇 번이고 하늘로 튕겨오릅니다.

　이 비 지나면 모과가 주먹만 해지겠지요. 가슴이 울렁인다고 점잖은 집에선 심지도 않았다는 살구나무 열매도 조금씩 빛깔을 더하겠지요. 그리움에도 물이 꽉 차올라 터질 듯합니다. 저물녘엔 사람도 시詩, 사람만 한 그림이 없습니다.

침묵을 우려내다 11

계곡에 콸콸 물 내려가는 소리를 듣습니다
살갗이 터지도록 바위틈에 꽉 낀 생각
우리는 모두 서러운 돌덩이 몇 개쯤 가슴에 안고 살
지요
높아진 것들을 단번에 꿇어 엎드리게 만드는 고통의
무게
이 뼈 아픈 깨달음으로 눈이 떠진다면…
계곡에 철철 넘치는 물소리에
어지럽던 생각들 깨끗이 사라지도록
하루 종일 읍의 소리에 귀 기울였습니다

침묵을 우려내다 12

땅에 꽃 가득 차니 사람들은 여기를 두고 천국이라고 하네요 꽃비 꽃내 꽃빛 눈에 드니 다 시詩! 세상 놀이 가운데 시詩 쓰는 일만 한 것이 있을까요 매화 지고 벚꽃, 벚꽃비에 젖다 보니 은방울 둥굴레 패랭이 장다리 줄지어 피고, 이팝 터지자 노단새 한련화 모란에 양귀비까지, 개망초 쏟아지고 오이풀에 천공작 버들마편초도 한자리… 하도 많아 그 좋아하는 사과꽃 배꽃 복사꽃은 빠졌네요 살구꽃 감꽃은 고사하고 풀잎 나뭇잎은 또 얼마나 이쁜가요

올해는 코로나 때문에 '꽃구경 안돼요 멈추세요' 축제마다 접었으니 십 리 벚꽃길은 새들 세상, 곧 능소화 핍니다 꽃에도 격格이 있습니다 능소화!

다 접고 능소화 꽃 빛깔에 한 철은 손 놓아도 좋겠습니다

침묵을 우려내다 13

지난여름엔 비가 너무 많이 왔습니다
밤이면 떠내려가는 것들이 떠올라
잠을 이루지 못했습니다
비 맞은 왜가리 새끼는 어떻게 되었을까요
뒤뚱거리던 것들은 다 떨어져 나가고
콸콸 물 내려가는 소리
순식간에 사라지는 시간을 보았어요
칠흑 같은 어둠이 출구를 막아
숨쉬기도 어려웠던 여름…
이 빠진 그릇에서 자라면서도
물 주면 아그그 웃던 베고니아,
뜯을수록 새뜻하게 올라오던 초록빛,
기억 속에 켜켜 꽂아놓을 겨를도 없이
아름답기만 하던 절기가
쇳소리를 내면서 눈앞에서 찢어졌어요
눈을 감고도
잠들지 못했습니다
그렇게 여름이 가고 가을이 가고 다시 여름
세상은 좀 낮아졌을까요 좀 우려진 게 있을까요

침묵을 우려내다 14

숲에 들면 하루 종일 걷고 싶을 거예요
반나절로는 아쉽지요
시간의 강물 넘치어
이 좋은 기운 어디로 흘러갈지…
숲에 들면
소중하지 않은 것이 없어요
우듬지에 따뜻한 바람 숨결
숲 향기에 홀려 바닥까지 내려온 구름자락
식구 생각이 났는지
오늘따라 유난히 쓸쓸한 까치 소리까지…

깃털 하나가
밤낮 숲을 찾게 만드는데
다들 나더러 꿈꾼다고 했다가 홀렸다고 했다가,
뽀오얀 소리의 깃털 정말 꿈이었을까요
새벽녘 당신의 숲에서 사뿐 날아온 소리의 깃털
이 특별한 감회를 빛깔로 나타내려 할 때마다 눈물
나는데
그동안 사람한테 치였나요

사람의 생각만 냄새가 난다는 생각,
숲에 들어
무시로 경건을 연습하지 않는다면
어디서 영혼의 그윽한 숨소리 들을까요
오늘 산책은 정말
꿈만 같았어요

침묵을 우려내다 15
—길 위의 집

4층엔 테라스를 둘까 해요
네 그루의 나무꼭대기에 앉아 있는 셈이죠
길 위에서 노을을 맞는 일이기도 해요
시간의 꿈은 대단한 게 아니었어요
내가 있는 여기
푸른 저녁보다
조금 먼저 당도한 지금
신을 벗고 대로大路를 걷는 것
곧 새들이 대숲으로 돌아와 댓잎 소리를 낼 즈음
어깨를 떨어뜨리고 물든 하늘을 올려다보는 것
오늘의 메모 여섯 가지 가운데
홀가분히 깊은 일
뭇별*처럼
숨을 맘껏 들이쉬어도 좋지 않을까요

*창 15:5

은은하게 내면을 울리는
'무릎'과 '침묵'의 시

유 성 호 (문학평론가·한양대학교 국문과 교수)

은은하게 내면을 울리는
'무릎'과 '침묵'의 시
─한정옥의 시 세계

1. 반성적 사유와 궁극적 관심이 빚어낸 고백록

한정옥韓貞玉의 시집 『그릿 시냇가』(문학세계사, 2023)는 정갈하고 단정한, 그러나 내면으로는 활력의 언어를 깊이 내장한 실존적이고 예술적인 고백록이다. 시인은 신성한 빛을 향한 수직적 상승 의지와 스스로를 반성하고 낮추는 겸양의 마음을 결속하고 교차하면서 자신의 실존적 역동성을 다양하게 보여준다. 자연스럽게 시인의 상상력은 삶의 모순과 맞서 긴장하고 싸워가는 존재론적 균형감을 선택하게 되는데, 이러한 정신이야말로 한정옥의 시로 하여금 때로는 신앙적 다짐으로, 때로는 인생론적 지혜로 나아가게끔 해준다. 시인은 그 활력과 침묵을 동시에 받아들이고 형상화함으로써 탐닉과 혐오를 동시에 넘어서면서 자연스럽게 겸허한 성찰을 불러오고 있다. 우주에 가득한 신성의 질서를 통해 세상을 바라보고 자신만의 미학적 차원을 견고하게 획득해 가면서 한결같이 어떤 영적 경험과 유니크한 예술적 세계를 마련해 간다. 이번 시집은 이러한 한정옥 시인만의 사유와 감각을 새겨 넣은 유의미한 세계로서 그 깊이와 너비를 선명하게 입증하고 있다. 그 안에는 건강한 반성적 사유와 심미적인 궁극적 관심이 빚어낸 고백의 양상들이 깊이 무르녹아 있다 할 것이다. 이제 그 세계 안으로 한 걸음씩 천천히 들어가 또렷하고도 풍요로운 그의 전언에 귀 기울여보도록 하자.

2. 척박한 세속의 문양을 넘어서는 종교적 상상력

한정옥 시인은 성서적 인유引喩나 신앙적 고백을 담은 언어를 시집 곳곳에 전면화함으로써 종교적 상상력의 한 범례를 충실하게 보여준다. 이 점이 그의 독특한 특성이 되고도 남음이 있다. 현대인의 영혼에 짙게 드리운 내면 진공 상태를 치유하려는 대안적 사유 방식으로써 그가 구축하는 종교적 상상력은 우뚝하게 다가온다. 또한 그가 노래하는 종교적 경험이란 우리의 마음

을 원초적으로 구성하는 궁극적 실재에 대한 반응으로
써, 지정의知情意를 통합한 인격으로 나타나고 있다. 그
점에서 신성을 배제한 가운데 이루어진 근대의 이성중
심주의는 시인에게 깃들일 여지가 전혀 없다. 이러한
사유 방식을 바탕으로 한정옥 시인은 그 특유의 상상력
을 펼쳐간다. 다음 작품을 먼저 읽어보자.

> 삼백 년이 넘게 살아온 나무 앞에 서면 말 못 합니다
> 천 년 구비구비 지나온 물결도 대단합니다
> 성한 데 있겠습니까
> 감히 눈 들지 못합니다
>
> 오랫동안 적조했습니다
> 무소식이 희소식이라지만 산까치 저리 소리 하니
> 모쪼록 청정한 뜨락으로 한 번 나오십시오
> 한겨울에도 푸른 개운죽 보시고
> 푸르러 깊이를 알 수 없는 바다에 그만
> 빠져도 좋겠습니다
>
> ―「도등挑燈 3 ―그릿 시냇가」 전문

'그릿'은 구약성서 「열왕기상」에 전거를 두고 있는데,
선지자 엘리야가 신의 명령을 따라 내려간 동쪽 시냇
가 이름이다. 거기 숨어 엘리야는 그 시냇물을 마시면

서 오랜 가뭄을 견딜 수 있었다. 그렇게 일종의 '영적 샘물'을 은유하는 '그릿 시냇가'에서 시인은 "삼백 년이 넘게 살아온 나무"와 "천 년 구비구비 지나온 물결"을 바라보면서 경이로운 느낌에 빠진다. 상처투성이의 나무와 물결을 눈 들어 쳐다보지도 못하는 상황에서 누군가에게 산까치 소리 들리는 청정한 뜨락으로 나와 한겨울 푸른 개운죽과 깊이 모를 바다에 함께 나아가자고 한다. 권면 같기도 하고 호소 같기도 한 그러한 동참에의 의지가 바로 '도등挑燈'의 한순간을 잘 보여준다. '도등挑燈'은 등잔 심지를 돋우어 불을 더 밝게 한다는 뜻을 품고 있으니, 이 연작이야말로 '시인 한정옥'의 영혼의 불을 밝게 하는 결실들이고 '그릿 시냇가'는 그 점화의 순간을 가능케 하는 성소聖所가 되고 있는 것이다. 시집 표제작답게 이 시편은 시집 전체의 구도를 짐작하게 해주면서, "당신 때문 푸르스름한 새벽부터 사람 그리워 울고"(「도등挑燈 8 —다메섹에서 묻다」) 있는 시인으로 하여금 자신의 생애가 이제는 "영혼을 사랑할 시간밖에"(「도등挑燈 18 —사랑할 시간밖에는」) 남아 있지 않음을 한껏 느끼게끔 해주고 있다. 다음은 어떠한가.

나리 한 줄이면 좋겠습니다
꽃 반만 환해라
세상 뜨면 깨닫는

흰옷 벗을 때까지

소리 돌아오면

그때 이별 얘기

그리워하면서 석 달

그리움 삭이면서 석 달

세상 떠도

꽃 반만 슬퍼라

당신한테

나리 한 줄이면 좋겠습니다

　　　　　　　　　—「도등挑燈 5 —흰 꽃」전문

　이번에는 시냇가가 아니라 '흰 꽃'이다. 그 꽃의 실체
는 "나리 한 줄"인데, 시인은 세상 뜰 때 깨닫게 될 이별
이니 그리움이니 하는 인생론적 세목들을 견디고 누리
는 '흰 꽃'이길 스스로 희원해 본다. 꽃이 마침내 흰옷
을 벗고 근원적인 소리도 돌아올 때에야 "그리워하면서
석 달/그리움 삭이면서 석 달"의 시간을 슬퍼할 수 있을
것이기 때문이다. 시인은 시냇가에서 호명했던 누군가
를 향해 "당신한테/나리 한 줄이면" 좋겠다는 소망을 다
시 한번 피력한다. 이 또한 "고통이 약이요/눈물도 은
혜"(「도등挑燈 9 —인자가 무엇이기에」)라고 고백하는 신성 몰
입의 순간이요, "새 발자국 같은 글씨 몇 자 적는 것"(「도
등挑燈 1 —청와헌에서」)으로 삶을 살아왔고 "모래 섞인 돌

멩이로 돌아가고 싶어 온종일 바다 보고 섰을"(『도등挑燈 2―위에서 보면 원』) 시인의 태도를 암시한다고 할 것이다.

이처럼 한정옥 시인은 가장 서정적인 순간에 신성한 존재를 불러오면서 삶에서 가장 간절하고 아름다운 순간을 회복하고 탈환하려 한다. 그때 비로소 실존적 고독이 허물어지고 신성의 원초성이 살아나는 성스러운 시간이 다가온다. 그만큼 한정옥은 말씀을 통해 스스로를 치유하려는 열망을 가진 시인이자, 바로 그 말씀에 대한 한없는 외경을 동시에 가진 시인인 셈이다. 어디선가 암시한 "환한 것들이 눈을 멀게"(『도등挑燈 4―도배하는 날』) 하는 순간을 그는 이렇게 아름답게 보여준다. 이러한 종교적 상상력은 우리 시단에서 척박한 세속의 문양을 넘어서는 개성적 지위를 한동안 가지게 될 것이다. 그야말로 깊이를 알 수 없는 바다에 빠져도 좋겠지 않은가.

3. 사람이 있는 풍경의 아름다움

한정옥의 시는 상실과 부재의 흔적으로 가득한 시간들을 넘어 새로운 생성과 도약의 순간을 구축해 가는 명품이다. 온몸으로 견뎌야만 했던 순간을 훌쩍 넘어서면서, 그 시간들로 하여금 세계 내적 원리를 긍정과

소망으로 바꾸어 가게끔 한다. 우리 시대가 기쁨과 평
화보다는 우울과 불모성을 드러내는 정도가 강해져 갈
때, 한정옥의 시는 삶의 역설을 통한 종교적 긍정으로
휜칠하게 나아간다. 이러한 그만의 시 세계는 구체적이
고 선명한 기억에 토대를 두면서도, 시인이 그것에 대
해 매우 긍정적인 태도를 보여준다는 점에서 대체 불가
능한 유일성을 견지한다. 그 긍정의 밑바닥에 바로 '무
릎'이라는 핵심 이미지가 가로놓인다.

> 참으로 많은 변화가 한꺼번에 일어났습니다
>
> 여러 날 뒤척이던 생각으로도
>
> 출렁거리는 시간 잡지 못하고
>
> 좋은 시절 다 지나가는 줄 몰랐습니다
>
> 무거운 생각들로 엎어져 있었습니다
>
> 소설小雪 지나 묵은 솔방울 떨어지고
>
> 새 이름 풀 이름 불러오던 일 접자
>
> 사람이 찾아오네요
>
> 사람이 있는 풍경
>
> 입이 열렸습니다
>
> ―「새벽 무릎」 전문

　'새벽 무릎'은 아마도 오랜 기도의 시간을 은유하는
것일 터이다. 이렇게 새벽 제단을 쌓아온 그에게 그동

안 많은 변화가 한꺼번에 일어났다. 그는 뒤척이던 생각으로도 시간을 잡지 못하고 무거운 생각들에 늘 짓눌려 있었지만, 새벽 무렵의 공력으로 "소설小雪 지나 묵은 솔방울 떨어지고/새 이름 풀 이름 불러오던 일"을 마치자 "사람이 있는 풍경"을 맞은 것이다. 그 시간을 생각해 보면 "내 몸에 가시/무한은혜"(『부르시는 그날까지』)였으며 "몇 발자국 뒤로/마음에서 물러나자/비로소 가난해지는 마음"(『그가 네 길을 ―칼더를 생각하며』)을 통해 "마음 잘 풀어가는 사람들"(『감히 고백하건대』)을 만나게 된 과정이었다. 사람살이의 가능성이 새벽처럼 환하게 열린 것이다.

왜 아름다움은 이렇게 가슴 저밀까요

왜 하필 테두리로 외로움 번질까요

왜 모질도록 진지하고

끝도 없이 깊을까요

걷다 보면

속이 깨끗해지고

마음이 환하겠죠

한 바퀴 돌고 들어가면

늦은 밤까지 촛불 켜고 놀겠죠

좋아라 두 줄 끊어온 바램이는

새 한 마리 그려놓은 유리병에 담고

결국 또 눈물 쏟겠죠

하루는 반성으로 끝나게 되어 있어

사람도

하늘도

눈시울이 붉겠죠

아아 슬프도록 아름다운

당신의 세계

—「참 아름다워라」 전문

    이 시편의 제목은 찬송가에서 따왔는데 신이 설계하
고 지상에 배열한 '아름다움'이야말로 가슴을 저미게 한
다는 내용을 담고 있다. 아름다움은 모질도록 진지하고
끝없이 깊기도 한데, 이는 그야말로 "행간의 품격/한 줄
로 절창!"(「노을, 처음인 듯」)을 보여준 대목이기도 하다. 그
렇게 정결하고 환해지는 마음, 때로 눈물도 나고 반성
의 시간도 허락하면서 "사람도/하늘도/눈시울"이 붉어
지게 만드는 아름다움을 시인은 "슬프도록 아름다운/당
신의 세계"라고 명명한다. 앞으로도 시인은 "등경 위에
두사 비추라신다면"(「고라 자손의 시詩」) 그 빛으로 세상을
비출 것이고, "고통은 반투명"(「고통이 유익」)이므로 그 고
통에 바탕을 두고 "쓰디쓴 게 예술"(「시수詩瘦」)임을 알아
갈 것이다.

    한정옥 시인은 무릎으로 가닿는 세상의 아름다움을

통해 우리로 하여금 가장 신성하고 근원적인 차원을 상상하게끔 해준다. 모든 근대적 징후들이 절정이자 황혼을 맞고 있는 이때, 시인은 종교적 사유와 실천을 통해 고통을 치유하고 예술로 승화해 가는 도정을 이처럼 아름답게 보여준다. 그것은 초월적이고 추상적인 차원에 대한 찬탄에서 나온 것이 아니라 사람이 있는 풍경의 아름다움에 대한 구체적 외경과 긍정에서 가능했던 것일 터이다.

4. 은혜의 시간을 은유하는 '섬'의 이미지

말할 것도 없이, 시간은 모두에게 주어진 객관적인 것으로 여겨지기 쉽지만, 사실 그것은 내면 안에서 지속되는 어떤 흐름으로만 존재하는 주관적인 실체이다. 따라서 사람들은 자신만의 시간을 경험적으로 가지게 되며, 그것은 주체가 처한 실존적이고 역사적인 정황에 의해 끊임없이 정서적으로 현재화된다. 한정옥 시인에게 시간은 과거를 미화하는 기억의 원리나 미래를 밝게 앞당기는 전망의 원리로 나아가지 않고 오직 자신의 현존을 이루는 흔적들로 줄곧 나타난다. 그만큼 시인은 자신이 처한 조건에 육체를 입히는 형식으로 시간을 형상화하고 있다. 그리고 그 순간이 바로 인간과 우주가

원만하게 공존하는 때일 것이다. 한정옥의 '섬' 연작이
그러하다.

1
산울림에
어깨 결리다

한기 들어
솔잎 짙고

오는 이 없어
고요가 바람소리를 내다

2
대그림자
가슴 쓸어도

보도 듣도 않는데
마음은 감옥

줄이라 하지 않았다
걷어내라 했다

3
하늘만 남다
연기도 사라지다

뜨락의 흰 꽃향기
있었던가요

파문과 고요
이름 붙여놓고 뒤척이다

       —「섬 2」 전문

 '섬'은 공간적 이미지이지만 여기서는 독자적인 시간
성을 함유하고 있다. 비록 폐쇄성을 띤 '섬'을 대상으로
했지만 시인은 오는 이 없는 산간에서의 시간을 '섬'으로
비유했다. 고요가 바람 소리를 내는 그곳에서, 비록 "마
음은 감옥"이었지만, 시인은 연기도 꽃향기도 찾아들 때
"파문과 고요"를 완성해 간다. 그렇게 이름 붙여놓고 뒤
척이는 시인의 마음이야말로 "사람과 사람 사이/섬과 섬
사이/사이라는 말"(「섬 6」)을 느끼고 있으며, "맑고 깨끗한
기억들을 위해/소리도 여백이 더 아름다웠다"(「섬 13」)는
기억을 톺아 올리고 있을 것이다. 그리고 지금은 그곳
에서 "노랑딱새가 깨끼발로 뛰는 소리처럼/신비한 빗소
리"(「흰 길」)를 듣고 있을 것이다. 아름답고 청안淸安하고

그 자체로 신성에 가장 가까운 마음이다.

> 죽었다 살아나니
> 외롭고 쓸쓸하고 척척하고 허전했던
> 모든 것이 은혜
> 평생
> 시수詩瘦를 앓는 것도 황홀한데
> 오오 이 부족한 자에게 존귀를 입히시고
> 덤에 덤을 주시는 분께
> 무릎 꿇음
> 평생 무릎 꿇음
>
> ─「섬 12」 전문

　한정옥 시인은 죽음과 삶, 부족함과 존귀함, 쓸쓸함
과 황홀함, 시수詩瘦와 은혜가 모두 하나의 몸임을 노래
한다. 외롭고 쓸쓸한 모든 것이 '시수詩瘦'를 통해 승화
했으니 "쓸쓸함/쓰다에서 나온 말"(『쑥과 담즙』)이라고 말
할 만도 하다. 그렇게 "모든 것이 은혜"이고, 자신으로
서는 "덤에 덤을 주시는 분"께 평생 "무릎 꿇음"이라고
말할 수 있었을 것이다. 그래서 그는 어디선가 "무릎으
로 살겠습니다"(「섬 11」)라고 고백할 수 있었으리라. 이렇
게 일평생 한정옥은 "그리움처럼/삭지 않는 말"(「섬 10」)
로써 "낭떠러지로 떨어지던 일도/은혜였음을 고백"(「섬

15」해가는 것이다.

이처럼 시인의 목소리에는 겸허하고 정결한 신앙적 자아의 고백이 시종 담겨 있다. 그에게 지상에서의 삶은 신의 일관된 계획과 섭리 속에서 유지된다. 그분의 섭리는 삶 안으로 차분하고 지속적으로 가라앉으면서 시인의 삶으로 하여금 그분의 높이와 깊이에 가닿게끔 해준다. 비록 지상의 삶이 카오스와 상처로 가득할지라도, 한정옥의 시는 평화의 정조로 가득 찬 신앙의 차원으로 빛을 뿌린다. 그렇게 시인은 일평생 경험해 가는 신성의 질서에 대한 긍정과 함께, 보다 나은 내면세계에 대한 염원을 함께 담고 있다. 은혜의 시간을 시종 은유하는 '섬' 이미지들이 아름답게 다가오는 순간이 아닐 수 없다.

5. 계시의 순간을 가져다주는 침묵의 의미

나아가 한정옥의 시는 무심하게 흘러가는 시간과 그 안에서 힘겨운 실존을 구성하는 자신에 대한 격정의 노래이기도 하다. 그래서 그의 시에는, 세계 내적 존재로서의 운명에 대한 응시와 성찰이 함께 녹아들어 있다. 시의 표면에는 그의 몸속 깊이 새겨져 있을 상처의 흔적이 빈번하게 나타나고 있지만, 그 이면에는 그것을 다스리며 치유해 가려는 주체의 의지가 지속적으로 관류하고 있다. 그렇게 그는 오랜 시간 속에서 자신이 겪은 실존적 경험들을 끊임없이 바라보면서 그 속에서 파동치는 시간의 깊이를 쓰는 시인이다. 그 지속적이고 역동적인 시 쓰기의 결실이 어떤 '계시啓示'로 다가오는 순간을 시인은 이렇게 노래한다.

잎 지자 시냇물 서둘러 내려가고 골짝 더욱 깊어졌습니다. 적적함을 품어 안으니 모든 것이 한갓집니다. 적적하고 말고 할 것도 없는데 긴 바람 골짝까지 내려갔다 올라오면 소식이 한 묶음입니다.

이들이들한 사철 잎 쇠어져 싯푸른데, 아직 눈도 뜨지 못한 것들이 더 뻣뻣합니다. 싸리 울타리 없다면 바람 한 발 물러서겠습니까. 에둘리면 각지지 않습니다.

산에 들어 서로 위한다는 말 하도 지극해서 아래 위 가장자리 중심 따로 없으니 돌올한 아름다움만 은은합니다. 두런거리다 보면 금세 새벽달 지니 바람 사나워도 입동산立冬山을 탑니다. 산간의 접빈다례接賓茶禮, 산에선 만나는 이가 누구든 마음에 환한 창 하나 뜨지 않을까요.

—「침묵을 우려내다 4」 전문

침묵을 오래도록 우려내면서 시인은 스스로 깊어지고 고요해진다. 잎이 지고 난 후의 깊어진 골짜기에는 '적적함'과 '한갓짐'이 이미 하나다. 시인은 소식 한 묶음을 안고 다시 올라오면 산에 들어 서로 위한다는 지극한 말을 침묵 속에서 듣는다. 중심과 가장자리가 따로 없는 침묵을 품어 안고 산간은 아름다운 돌올함으로 은은하기만 하다. 그 고요한 산간에서 손님을 맞고 차를 나누는 것은 "만나는 이가 누구든 마음에 환한 창 하나" 뜨게 하는 순간이었을 것이다. 그렇게 "말씀의 뼈 마디 마디/흰 가시로 빛날"(『침묵을 우려내다 1』) 조건은 누구도 범접할 수 없는 침묵의 차원이었을 것이다. 어느새 침묵이 계시와 존재론적으로 등가가 되는 순간이다.

지난여름엔 비가 너무 많이 왔습니다

밤이면 떠내려가는 것들이 떠올라

잠을 이루지 못했습니다

비 맞은 왜가리 새끼는 어떻게 되었을까요

뒤뚱거리던 것들은 다 떨어져 나가고

콸콸 물 내려가는 소리

순식간에 사라지는 시간을 보았어요

칠흑 같은 어둠이 출구를 막아

숨쉬기도 어려웠던 여름…

이 빠진 그릇에서 자라면서도

물 주면 아그그 웃던 베고니아,

뜯을수록 새뜻하게 올라오던 초록빛,

기억 속에 켜켜 꽂아놓을 겨를도 없이

아름답기만 하던 절기가

쉿소리를 내면서 눈앞에서 찢어졌어요

눈을 감고도

잠들지 못했습니다

그렇게 여름이 가고 가을이 가고 다시 여름

세상은 좀 낮아졌을까요 좀 우려진 게 있을까요

—「침묵을 우려내다 13」 전문

　　지난여름 제법 많이 내린 비로 떠내려가는 것들이 많
았다. 밤이면 그 떠가는 것들의 소리로 시인은 잠을 못
이루었다. 모든 생명이 순식간에 다 떨어져 나가고 사
라져간 것을 경험했기 때문이다. 그렇게 어둠이 출구를
막은 여름에도 이 빠진 그릇에서 자라준 베고니아의 초
록빛을 시인은 소중하게 기억한다. 기억 속에 꽂아놓을
겨를도 없이 아름답던 절기가 찾아왔을 때 세상은 좀
낮아지고 침묵으로 스스로 깊어지면서 우려졌을지도
모를 일이다. 그 낮아짐과 우려냄의 수행성이 바로 시
인에게는 '시 쓰기'였을 것이다. 그러니 시인에게는 "보
고 듣는 그 너머/울리고 떨리는 것이 詩"(「침묵을 우려내
다 3」)였던 셈이다. 어느새 "저물녘엔 사람도 詩, 사람
만 한 그림이 없습니다."(「침묵을 우려내다 10」)라고 하면서
시인은 "세상 놀이 가운데 詩 쓰는 일만 한 것이 있을
까요"(「침묵을 우려내다 12」)라고 고백하고 있으니, 그는 단

연 침묵 속에서 수런거리는 역설의 존재자이다.

결국 한정옥의 시는 지상의 혼돈에 대한 안타까움과 그에 대한 치유의 열망으로 나타난다. 오랜 시간을 자신의 영혼에 쌓으면서 기억과 응시의 표지를 일구어 가고 있는 세계이다. 물론 이러한 속성은 신앙적 자아의 신성 기투企投와 다르지 않지만 그는 신성을 찬미하는 단순성에서 벗어나 이 세계의 혼돈과 시간의 침묵을 읽는 깊은 눈을 아울러 보여준다. 신앙과 미학을 결합시키되, 구체적 사물의 모양과 소리를 그것 그대로 보고 듣고 묘사하는 지각의 확충이라는 면에서도 한정옥의 시는 단연 뛰어나다. 그래서 그의 시에서는 관념이나 의지로 착색되지 않는 구체적 사물의 이치가 담겨 있다고 말할 수 있을 것이다. 그리고 시인은 그 과정을 통해 계시의 순간을 가져다주는 침묵의 의미를 새삼 드러내고 있는 것이다.

6. 형이상학적 열망을 이어가려는 소중한 의지

지금까지 우리가 읽어온 것처럼, 한정옥의 시는 깊은 인생론적 사색과 신앙적 자아의 내면적 고백이 어우러진 결실이었다. 특별히 이성과 신앙이 충돌하고 의식과 무의식이 끝없이 교차하면서 그의 서정적 주체는 표층과 심층, 빛과 어둠, 현상과 본질, 문면文面과 행간을 함께 읽어가는 역동성을 양도하지 않는다. 그래서 우리는 그의 시에서 절망 뒤에 피어나는 은혜의 심연을 느끼게 되고, 비극성 너머 있는 초월 의지를 놓치지 않으려는 독법讀法을 놓치지 않은 것이다. 이러한 긴장된 이중 독법을 그의 시에서 완성해 내는 것 또한 독자들이 수행해 가야 할 작업일 것이다.

이처럼 한정옥의 작품 안에는 다양한 정서적, 인지적 형질이 자연스럽게 얽혀 있다. 이때 그의 시에 나타나는 비극성은 희망 반대편에 있는 것이 아니라 현실의 이치를 투시함으로써 그 현실과 친화하려는 열망으로 나타난다.

마찬가지로 그의 낭만적 의지 또한 도피의 산물이 아니라 그 나름으로 지상의 삶을 견디고 감당하고 극복하려는 상상적 고투인 셈이다. 초월적 지위에서 모든 텍스트의 권위를 보장하던 '성스러운 말씀Word'의 권위가 부정되고 모든 것이 속화되어 가는 우리 시대에, 이처럼 종교적 상상력을 통한 형이상학적 열망을 이어가는 한정옥 시인의 의지는 매우 귀하고 소중하다. 그러한 열망과 의지를 따뜻한 서정으로 보여준 한정옥 시인의 성취에 경의를 드린다.

그리고 이렇게 은은하게 내면을 울리는 '무릎'과 '침묵'의 시를 담아낸 시집 출간을 축하드리면서, 이번 시집의 성과를 넘으면서 다음 여정이 더 광활한 지평으로 나아가기를, 마음 깊이 바라 마지않는다.

그릿 시냇가
한정옥 시집

발행일
초판 1쇄   2023년 9월 12일

지은이   ● 한정옥
펴낸이   ● 김종해
펴낸곳   ● 문학세계사
출판등록   ● 1979. 5. 16. 제21-108호

주소   ● 서울시 마포구 신수로 59-1(04087)
대표전화   ● 02-702-1800
팩스   ● 02-702-0084
이메일   ● munse_books@naver.com
홈페이지   ● www.msp21.co.kr

ⓒ 한정옥, 2023
ISBN 979-11-93001-20-2   03810